이별의 재구성

이별의 재구성

안현미 시집

창비

차 례

제1부

제3부

제1부

합체

우주 체험을 한 뒤에는 전과 똑같은 인간일 수 없다.

— 슈와이카트(우주비행사)

하루종일 분홍눈이 내렸다
세로도 가로도 없는 그 공간을 '방'이라고 부를 수는 없
었기에
우리는 '우주'라는 말을 발견했다

그후 우리는 '하나는 많고 둘은 부족한' 별에 착륙했고
중력은 희박했고 궤도를 이탈한 계절은 랜덤으로 찾아
왔다
어제는 겨울 오늘은 여름 낮에는 가을 밤에는 봄

우리는 당황했지만 즐거웠고 우리는 은밀했다
이상했지만 세계는 완벽했고 중력은 충분히 희박했다
검색창 밖으론 하루종일 푹푹 분홍눈이 내렸고

하루종일 우주선처럼 둥둥 떠다녔다
사랑과 합체한 사랑은, 그리고 또 우리는

그후 '하나는 많고 둘은 부족한' 별의 거북무덤엔 다음처럼 기록되었다

사랑을 체험한 뒤에는 전과 똑같은 인간일 수 없다!

훼미리주스병 포도주

그때 포도밭에서 돌아와 여름 내내 살뜰히 숙성시킨 포
도주를 훼미리주스병에 담아들고 당신이 회사 앞으로 찾
아와 곧 먼 여행을 떠날 거라고, 향과 맛이 가장 좋을 때 아
끼는 사람들과 나눠마시라는 당부와 함께 건넨 훼미리주
스병 포도주

그때 당신은 이 별의 여행자 중 가장 향기로운 여행자
마치 제 자신의 그림자를 우주복처럼 착용하고 지구의 거
대한 아름다움을 직접 목격하기 위해 최초로 지구 밖으로
떠날 결심인 우주인처럼

그때 내가 빠뜨린 안녕, 당신 집 천장에 매달린 몸통이
텅 빈 한지 물고기등(燈)처럼 웃기만 하다가 내가 빠뜨린,
포도알 같은 안녕, 그 붉은 우주선 같은 안녕은 지금 어느
우주를 지나가고 있을까

어항골목

  고장난 가로등처럼 서 있는 사내를 지나 방금 도착한 여자의 어깨에선 사막을 건너온 바람의 냄새가 났고 이 도시의 가장 후미진 모퉁이에선 골목이 부레처럼 부풀어올라 고장난 가로등처럼 서 있던 사내의 구두가 담기고 있다 첨벙, 여자는 의족을 벗고 부풀어오른 골목으로 물소리를 내며 다이빙한다 꼬리지느러미를 활발히 흔들며 언어 이전으로 헤엄쳐간다 주름잡는다 여자의 주름에선 언어 이전에 있는 어떤 어항에서 꺼낸 것 같은 언어가 버블버블 퐁퐁 투명한 골목을 유영한다 인간의 남자를 사랑하여 아낌없이 버렸던 모든 것들이 버블버블 다시 태어난다 그사이 젖은 구두를 벗은 사내도 산소통을 부레처럼 달고 언어를 떠나온다 어항골목 고장난 가로등엔 물고기 달이 켜진다 퐁퐁 골목 밖으로 여자의 의족이 폭죽처럼 떠오른다

견인

검룡소 이후 여행은 고요 속에서 이어졌다

당신은 태백에 먼저 도착해 있었고

나는 그만 깜빡 잠이 들어 태백을 지나쳐 묵호까지 가버린 터였다

여름이었고 자정이 지나 있었고 비릿한 바다내음이 흐미한 묵호역 대합실에는

바랑을 메고 만행(卍行)을 떠나는 비구와 나 단둘이 앉아 상행선 기차를 기다렸다

지나쳐온 길을 다시 끌어당겨 운수납자(雲水衲子)처럼 되짚어가야 하는 길

불현듯 우리를 태백으로 견인했던 것도 구름과 물과 바람 같은 것은 아니었을까

검룡소 이후 여행은 고요 속으로 이어졌다

고작 황지연못 근처 동아서점에 들러 당신의 책을 사 싸인을 받은 것이 전부였다

여름이었고 당신의 글씨가 적힌 책과 여행가방을 끌고

구와우마을 해바라기 꽃밭 속에서 먹는 늦은 점심

마음에 해바라기 씨 같은 점 하나 찍는 점심

검룡소 이후 여행은 고도를 향해 이어졌다
사북을 지나 만항재까지 녹음 짙은 여름산은 무서웠고
어느 겨울 큰눈 속에 갇혀 생을 놓아두고
시원으로 돌아간 연인들의 이야기는
아름다워서 슬프고 슬퍼서 아름다웠다
정암사 적멸보궁 옆 열목어 서식지처럼 아름다웠다

해바라기 축제

망루에 올라 해바라기 꽃밭을 본다 그 수많은 꽃들이 바라보는 태양처럼 사내는 눈부시다 해시계를 삼킨 황금 물고기 귀고리를 찰랑대며 여자는 묻는다 누구에게나 일생을 걸고 해바라기꽃을 꺾듯 꺾어야 하는 게 있다면 몽롱한 눈빛의 유디트가 헬멧처럼 들고 있는 홀로페르네스의 목 같은 게 아니겠냐고 망루 아래서 여자의 말을 엿듣던 뱀은 서둘러 허물을 벗어던지고 해바라기 밭을 떠난다 어느덧 태양은 엑셀파일의 함수마법사 중 시간의 함수로 구해놓은 듯 망루 꼭대기 위로 정각에 도착한다 목이 마른 사내는 피크닉 바구니에서 꺼낸 술병의 목을 부여잡고 기어이 목을 칠 테냐고 묻는다 여자는 축제는 축제니까,라고 해바라기 씨를 깨물듯 또박또박 대답한다 망루 꼭대기에서 여자의 말을 엿듣던 태양은 진땀을 뻘뻘 흘리고 있다 여자는 최면을 건다 레드썬 탁! 그러자 뱀이 벗어던지고 달아난 허물 속에선 화가의 잘린 귀와 귀를 자른 칼이 튀어나온다 여자는 잘린 귀를 확성기처럼 들고 쉭— 태양의 목을 친다 순간 꽃밭에선 해바라기꽃들의 노랑 비명들이 폭죽처럼 튀어오르고 달아난 뱀은 깜짝 놀라 다시 허물 속으로

달아난다 피크닉 바구니를 헬멧처럼 들고 여자는 망루를
내려간다 피크닉 바구니에선 덜그럭덜그럭 누군가의 목이
굴러다니는 소리가 난다

식객

　미술관 앞에서 애인처럼 만났다 빨간 공중전화박스 앞에서 시계를 들여다보았다 수영장과 목욕탕을 지나 라일락 꽃나무 아래서 마늘빵을 나눠먹었다 책방에 들러 '목화밭의 고독 속에서'란 제목의 똑같은 책을 사서 나눠가졌다 커플링처럼 나눠가진 책 어두워지기 시작한 골목으로 봄비가 왔다 음악이 왔다 고독도 왔다 같은 제목의 책을 나눠지녔듯 같은 착각을 나눠가졌다 그사이 애인들이 왔다 아랍탁자와 아랍탁자 사이, 시간은 봄비와 음악과 고독을 연주하고 애인들은 달콤했다 네팔 고산에서 야생하는 야크 젖으로 만든 치즈를 불에 구워 얇게 썬 사과와 함께 먹는 맛처럼 같은 착각을 마지막까지 나눠갖고 손을 흔들었다 시구문 밖으로 들어서자 시간은 할중으로 포맷되었다 시계를 들여다보니 봄은 춘궁기를 지나가고 있었다

흑백 삽화

너무 많은 이면지를 부적처럼 가지고 있다
기역 니은 디귿 리을처럼 슬픈 이면지들
색깔이 없는 얼굴, 색깔이 없는 생각,
색깔이 없는 슬픔을 너무 많이 가지고 있다
기역 니은 디귿 리을처럼 흘린 시간들
반쯤은 치기로 그 시간의 칼날을 휘둘러 동반자살을 꿈
꾸며
자음만으로는 도저히 슬퍼할 수 없다고 했던 건 당신이
었나
모든 슬픔들은 모음을 필요로 한다고 했던 것도 당신이
었나
기역 니은 디귿 리을
기역 니은 디귿 리을
색깔이 없는 기억, 색깔이 없는 기록,
색깔이 없는 삽화를 너무 많이 가지고 있다
결국 반쯤은 사기였던 우리들의 연애는

post-아현동

오늘은 아현동 산동네에 갔다

오래전 월세 들어 살던 방, 더듬이가 긴 곤충들이 출몰하던 방, 연탄불을 넣던 방, 이 도시의 야경을 내려다보며 울먹이던 방, 외롭던 방, 고맙던 방, 아주아주 춥던 방,

그 시절 내 마음에 전세 들어 살던 첫 애인을 생각하는 밤, 나의 아름다운 남동생의 흐려진 얼굴빛을 걱정하는 밤, 고단한 토끼에게 아무 약효도 없는 안약을 건네던 밤, 가난한 추억과 합체하던 밤,

아현동 산동네를 내려와 찾아간 'BAR다' 어둡고 낡은 나무계단 끝에서 화장실이 어딘지 모르고 서 있는 머리 긴 외국 남자에게 "너는 왜 여기 서 있니? Why?"라고 물으며 괜스레 친절하고 싶던 밤, 함께 여기를 뜨자고 말하면 주저없이 따라가고 싶던 밤, 국적도 모국어도 잃어버리고 싶던 밤, 나 스스로에게 "너는 왜 여기 서 있니? 왜?"라고 자꾸 되묻던 밤,

어떤 댓가를 치르더라도 개를 기르는 사람들이 있다고
한다 어떤 댓가를 치르더라도 가난에서 벗어날 수 없는 사
람들이 있다고 한다 어떤 댓가를 치르더라도 열정을 따라
가는 사람들이 있다고 한다 그런데 나는 왜 여기 서 있니?
왜?

곰을 찾아서

나는 두 개의 가을과 한 개의 여름, 여덟 개의 아침을 지나왔습니다

두 마리의 토끼와 한 그루의 미루나무를 만났고, 우주로 날아가는 케익꽃을 들고 애드벌룬처럼 부풀어올랐습니다

나는 아홉 개의 비밀과 네 개의 방을 훔쳤고 설명할 수 없는 아름다움으로 무서웠고 지혜로운 돌에게 길을 물었습니다.

두 마리의 토끼와 한 그루의 미루나무와 우주로 날아가는 케익꽃이 하나로 어우러지면 지혜로운 한 마리의 곰과 같습니다

알 수 없는 말들에게선 알 수 없는 아름다움이 생겨났고, 동굴은 어둠까지 아름다웠습니다

시작합시다! 어느날 지혜로운 돌은 침묵의 언어로 말을

걸었고

   그날 두 개의 가을과 한 개의 여름, 여덟 개의 아침과 함
께 나는 나를 지나갔습니다

/////

 1
봄이 지나간다
비도 지나간다

물망초의 꽃말은
'forget me not'이다
화관을 쓴 다섯 신부가 지나가고 있다

 2
vombi,
가상의 방
덩치 크고 순한 짐승처럼 웅크린 침대는
뼈째 먹는 멸치와 태양초 고추장은
장사익이 부르는 봄비는
포지티브로 현상한 심우도는
금관인 듯 뿔이 돋은 소 한 마리 웅크린
알따미라 동굴처럼 신비한
vombi

전원을 끄자 소실된다
검은 모니터 시간을 잡아먹고 봄, 비 끊김

    3
나를 잊지 말아요
화관을 쓴 다섯 신부가 지나가고
봄비도 지나가고
알따미라 동굴도 지나가고
지나간 봄도 지나가고

안개사용법

안개 핀 호수를 건너 태백 이전으로 날아가는 시간들,
날아가 아픈 이마 위에 놓여질 착한 물수건 같은 시간들,
그 이마 위에서 안개처럼 피어오를 미열들, 그 미열들을
끌어안고 안개꽃이 되고 있는 저 여자 제 꼬리를 문 물고
기 같은 여자 한때 나였던 저 여자 활엽수 같은 웃음소리
를 지닌 저 여자 '안개라는 건 누군가가 혼자서 독점할 수
있는 게 아닌 모양이에요' 십자말풀이처럼 안개를 사용하
던 여자 한때 나였던 저 여자 안개를 끓여 모유처럼 배부
르게 먹이던 여자 그 안개에선 극지까지 다녀온 바람의
냄새가 나고 말라죽은 나무의 이야기가 우러났다 그 안개
를 '사랑'이라고 사용한 건 인간의 일이었지만 그 안개가
열일곱 묶음의 안개꽃이 된 건 시간만이 할 수 있는 일이
었다

기타여

기타의 현을 끊고 시인의 노래는 서글픈 모음들을 술잔
속으로 빠뜨린다 비타민B가 부족한 야맹중 환자처럼 나는
캄캄하다 시인의 서글픈 노래만이 내 영혼의 귀를 하얀 붕
대처럼 감는다 시시해서 죽이고 싶다가도 시시해서 죽이
기조차 귀찮은 그들보다 더 시시한 나, 불멸할 질투와 애
증, 살아온 날 동안 흘린 눈물만큼의 술을 지고 무덤 속으
로 들어가 나를 벗고 싶다고 지껄이는 환절기 저기 환속한
비구가 걸어간다 심장이 불덩이 같다 내 눈물이라도 얼려
먹어야겠다 지랄금지, 애인이 두고 간 포스트잇에 쓴 작별
인사 붕괴된 나라 소련제 망원경을 들고 무용수들의 기형
적인 발가락만 들여다볼까 노랑 풍선을 사고 노사모에나
가입할까 어차피 나를 속일 거라면 죽을 때까지 속여줘!
내 말이 아니라 테라야마 슈우지의 말이 아니라 테라야마
슈우지가 돈을 주고 잔 터키탕 여자가 속삭였던 말이 오늘
은 시처럼 들린다 시시하고 시시한 나라는 방에서 무덤으
로 이동하는 게 인생이다 오늘은 자꾸 어딘가로 가려고 하
는 영혼에게 훔쳐온 문장 하나를 읽어준다 일주일 내내 현
명하고 아름다운 사람은 없다

뢴트겐 사진
문이 열려 있는 새장

  한 사내가 새장 속에서 사진을 찍고 있다 또다른 사내는
새장 속에서 사진을 찍고 있는 사내가 있는 풍경을 찍고
있다 그 풍경을 무단횡단해서 막 도착하는 또다른 사내가
있다 영문도 모른 채 그 풍경 속으로 불려온 사내들의 풍
경 밖에는 동공이 없는 여자처럼 추억이 없는 여자가 제
그림자 속 뿌리를 뒤적거리고 있다 한 사내가 새장 속에서
여자를 찍고 있다 또다른 사내는 새장 속에서 여자를 찍고
있는 사내가 있는 풍경을 찍고 있다 그 풍경을 무단횡단해
서 막 도착하는 마지막 사내가 있다 영문도 모른 채 동공
이 없는 여자처럼 추억이 없는 여자가 새장 속으로 들어
간다

뢴트겐 사진
생활

    나 자주자주 까먹어요 슬픔을 고독을 사탕처럼 까먹어요 여러 빛깔의 사탕처럼 여러 빛깔의 사랑을 까먹고도 나 배고파요 나 배고파 어느날은 몰래 사내의 꽃나무 열매를 까먹고선 까무룩 혼절해요 사랑은 혼절이 아니면 혼돈이에요 내가 틀린 걸까요? 나 자주자주 까먹어요 월요일을 예술가를 부업을 생활을 까먹어요 까먹어도 까먹어도 줄지 않는 고독 까먹어도 까먹어도 돌아오는 계절들 까먹다 까먹다 마침내는 나까지 까먹고 나는 그저 우는 아이의 막대사탕 같은 엄마예요 내가 틀린 걸까요?

기타 등등

　피가 피를 부르는 날 친구여 일주일 내내 현명하고 아름
다운 기타는 없다 죽음과 죽음이 아닌 것들의 애매모호한
경계인 나는 슬프게도 기원전부터 나라는 고장난 꿈을 고
치려고 낑낑대고 있다 金生水, 水生木, 土剋水, 水剋火 홀
로 묻고 홀로 답하는 계절 장미가 피는 데는 이유가 없다
피니까 피는 것이다 안젤루스 질레지우스 현명하게 출처
를 밝히고 기타 등등 장미는 권총이 아니고 권총은 시간이
아니다 피가 피를 부르는 날 친구여 너는 난청지대에서도
여전히 아름답다 그런 너를 기타라고 부르면 사랑니가 아
프다 차라리 먼 아프리카 마다가스까르 섬에서 자생하는
칼랑코에라고 부를 수 있다면 기원전부터 나라는 고장난
꿈을 들고 매일 자전하고 공전하는 나여, 유년을 동양에서
보낸 여자여, 시인이란 저주받은 자들이 아니라 저주를 기
꺼이 선택하는 자들이다! 무슨 일이 일어난 것일까 나와
나 아닌 것들의 삼투압을 견디며 우리는 서둘러, 미리, 고
독하게, 지구의 모퉁이에서 눈물을 흘린다 촛불이 운다 다
시 기타를 켠다

기타 등등

낭만적으로

엉뚱해지고 싶은 밤이고 편두통은 두통보다 슬프다는 게 네 생각이야 말의 어원을 거슬러가다보면 '사랑'은 '생각'에 도착해 알면 알수록 엉뚱해질 수 없다는 건 내 생각이고 말을 더듬는 녀석은 엉뚱을 'ㅇㅓㅇㄷㅓㅇㅇㅣㄱㅏㄸㅜㅇㄸㅜㅇㅎㅐ'로 분열시키고 있지 그런 점에서 우리는 조금씩 기우뚱하다고 고백해도 될까? 고백 같은 건 역시 하지 않는 게 옳아 우리가 언제 슬픔을 홀대한 적이 있던가? 슬픔이 우리를 홀대한 적 없듯 사각사각 갈아마시는 주스처럼 사각사각 갈아마시는 슬픔 아무도 주목하지 않은 가운데 태어난 불만이 불편을 죽이고 불만이 가득한 불편한 사랑이 되는 너무도 상투적인 이야기, 혹은 동어반복, 혹은 이구동성, 혹은 무한 루핑의 생각 생각들 말의 엉덩이를 따라가보면 '생각'은 '사랑'에 도착해 엉덩이가 뚱뚱해도 엉뚱해도 된다면 나는 너를 생각해 랑만적으로!

루반(漏扳)

낯선 이해들과 오해들 사이에서 핀 꽃밭에

전봇대처럼 안테나를 세우고 있는 사소한 슬픔

다 소용없다 하지 않고 다 소용있다 하면서

시계꽃이 타들어가는 시간

발칸의 여행자처럼 다녀가는 소나기

한번도 태어난 적 없는 내가 살던 집

* 루반: 동판을 두드려 시간을 알려주는 고대의 시계.

시간들

침묵에 대하여 묻는 아이에게 가장 아름다운 대답은 침묵이다

시간에 대하여도 그렇다

태백산으로 말라죽은 나무들을 보러 갔던 여름이 있었지요

그때 앞서 걷던 당신의 뒷모습을 보면서 당신만큼 나이가 들면 나는 당신 같은 사람이 되고 싶다 하였습니다

이제 내가 그 나이만큼 되어 시간은 내게 당신 같은 사람이 되었냐고 묻고 있습니다 나는 대답을 할 수 없어 말라죽은 나무 옆에서 말라죽어가는 나무를 쳐다보기만 합니다

그러는 사이 바람은 안개를 부려놓았고 열일곱 걸음을 걸어가도 당신은 보이지 않습니다 당신의 시간을 따라갔으나 나의 시간은 그곳에 당도하지 못하였습니다

당신은, 당신은 수수께끼 당신에 대하여 묻는 내게 가장 아름다운 대답인 당신을 침묵과 함께 놓아두고 죽은 시간

열일곱 걸음을 더 걸어와 다시 말라죽은 나무들을 보러 태백에 왔습니다 한때 간곡하게 나이기를 바랐던 사랑은 인간의 일이었지만 그 사랑이 죽어서도 나무인 것은 시간들의 일이었습니다

제2부

리라들

녹슨 호미를 들고 뒤란 꽃밭의 잡초를 솎아낼 때, 슬픔은 슬픔의 얼굴을 버려두고 아리랑을 부른다 아리아리랑 쓰리쓰리랑 마루 기둥의 자명종 새로 두시를 알리고 녹슨 리라의 현을 뜯듯 한때의 소나기가 다녀가는 마당

'Ann도 오고 비도 온 날'이란 긴 이름을 달아준 여름 화병처럼 아름답고 환타처럼 달콤하던 여름 일상은 일상의 얼굴을 버려두고 아리랑을 부른다 아리아리랑 쓰리쓰리랑 빨강은 더욱 빨갛게 파랑은 더욱 파랗게 제 몫의 색깔로 빛나는 스케치북

낮에는 돈 벌고 밤에는 시 쓴다 개미처럼 쓴다 까맣게 까맣게 쓴다 까맣게 까맣게 언어는 언어를 버려두고 아리랑을 부른다 아리아리랑 쓰리쓰리랑 일곱 개의 낮과 일곱 개의 밤이 매일매일 공평하게 배달되는 월 화 수 목 금 토 일 일곱 개의 현을 가진 나의 리라들 고삐 풀린 말처럼 다다다다 언어의 대륙을 질주하는 나의 리라들

불면의 뒤란

　가끔 내가 쓰는 모든 시들이 유서 같다가 그것들이 모두 연서임을 깨닫는 새벽이 도착한다 음력 6월 9일 오늘은 내가 죽은 날 불면을 건너온 헛바늘 돋은 내 불구의 시를 위로하려는 듯 막힌 골목 끝 '卍'을 대문 높이 걸어놓은 무당집에서 건너오는 징소리 징징징징 딩딩딩딩 내 불면의 뒤란에 핀 백색의 목련꽃은 말한다 아직은 조금 더 실패해도 좋다고 네가 켜든 슬픔 한 덩어리의 시도 시들고 시들면 알뜰히 썩을 운명이라고 크나큰 실패마저도 그렇게 잘 썩어갈 거라고 모든 연서는 죽음과 함께 동봉되어오는 유서라고 외롬이라고 음악이라고 왜 음악은 항상 고장난 심장에도 누군가와 함께 도착하고 이미 죽어버린 자들을 느닷없이 호출하는 것인지 불면으로 지샌 음력 6월 9일 오늘은 또 내가 죽은 날 너무 외로워서 자기 앞에 찍힌 발자국을 보려고 뒷걸음질로 걸어갔다던 어떤 사막의 여행자처럼 불면의 밤을 뒷걸음질로 걸어가는 여자가 사라지는 손금을 들여다본다 발자국을 따라 연서 같은, 유서 같은 시를 쓰고 있는 여자가 도착한다

어떤 섬의 가능성

　읽어보지 못한 소설의 제목을 읽으며 '어떤 섬의 가능성'*으로 존재하는 당신을 생각한다 그 가능성의 다른 이름은 미셸 우엘르베끄가 될 가능성도 있고 내가 살아보고 싶었던 죽음일 가능성도 있다 혹은 내 인생의 스무살 때 등장해 '넌 도라지꽃을 닮았어'라는 한 문장을 말한 이후 내 인생에 다시는 등장하지 않는 사내일 가능성을 배제할 수 없다 모든 경우의 가능성으로 어떤 섬의 가능성은 존재해야 하기 때문이다 '넌 도라지꽃을 닮았어' 이처럼 느닷없는 가능성, 불현듯 생을 육박해오는 그 가능성 불멸의 가능성 편서풍이 될 수도 있는 가능성! 서른일곱살에 국토의 최남단 마라도로 간 친구를 생각하는 밤이다 고도로 고도로 간 시인을 생각하는 밤이다 서른일곱이 아니라 일흔일곱살이었다 해도 그 가능성은 가능성으로 존재했을 것이다 아으 취한밤이고 탕진해도 탕진해도 바닥나지 않는 가능성을 저주하는 밤이고 죽음 이후에도 내가 나일 불가능성의 가능성을 생각하다가 머리통이 박살날 것 같아 그냥 '무얼 원해?' '어떤 섬의 모든 가능성!'이라고 서둘러 술잔을 비우는, 취한 밤이 아니고 취한 배일 가능성을 배제

할 수 없는.

환과 멸

　h의 침대 위다 녀석의 침대엔 누나의 머리칼과 담배빵이 난 매트리스가 깔려 있다 m은 3분 3초 동안 끓인 컵라면으로 낮술을 마시며 '취생몽사'라는 이름의 꿈을 꾸고 있다 그 방에 도착한 지 '2046'이 지난 i는 매트릭스 게임을 한다 외롭고 웃긴 세상의 한쪽 귀퉁이 풍경이다 h와 i와 m 녀석들은 젊고 인스턴트에 열광하므로 그딴 식으로 살아왔다 그딴 식? 나쁜년다신내게오지마 과도하게 과민하게 과격하게 순식간에 녀석들은 him으로 합체한다 합체된 '힘'은 매트릭스 속으로 순간이동한다 eye는 '취생몽사'라는 이름의 꿈을 포맷한다 외롭고 웃긴 이 별 어디에서도 녀석들을 닮은 계통수(系統樹)는 발견되지 않는다

멸과 종

아름다운 섬나라 모리셔스에서 1681년경에 이 지구상 마지막 도도새가 죽었다 도도는 뽀르뚜갈어로 '바보'라는 의미다 외롭고 웃긴 세상의 반대쪽 애인의 매트릭스엔 아주 오랜 시간이 만든 조분석으로 이루어진 섬이 있다 그 섬에 버려진 침대에서 나체쇼를 하는 스프링처럼 애인은 누나의 몸에 접속한다 24개의 새똥 같은 구슬을 꿰어 만든 해먹 모양의 반지를 건네며 애인이 물었다 로보트냐고 보르헤스(1899~1986) 에리끄 싸티(1866~1925) 에곤 쉴레 (1890~1918) 바보같은년다신내게오지마 1992년 세계 정상들이 모여 환경회의를 열었던 브라질 리우에서 지구상에 한 그루밖에 남지 않은 카바리아 나무가 발견되었다 인디오 추장 스모호는 나무에 새겼다 '침략자들은 하늘과 땅을 모르는 무법자들이다. 도도새를 죽이고 카바리아 나무의 씨를 말렸다. (…) 그들은 땅을 헤집고 자연을 파괴하면서 뒷날 반드시 재앙을 받으리란 것을 알지 못한다.' 1681 년경에 이 지구상 마지막 도도새가 죽었다 '2046' 외롭고 웃긴 이 별에선 HIM이란 새로운 종(種)이 발생한다

내 책상 위의 2009

 그림과 음악과 호찌민 평전이 있다 먼지가 두껍게 앉은 스탠드도 있다 까망도 있다 의무감도 있다 최선을 다해보려 낑낑대는 나도 있다 없는 것들까지 있다 밤도 있다 겨울도 있다 아킬레스건도 있다 꿈도 있다 21세기가 있다 100명의 소녀들에게 아침을 나눠주는 당신이 있다 영원이 있다 희미한 희망이 있다 까망을 사랑하는 빨강이 있다 파랑과 합체하는 빨강도 있다 무채색과 어울리는 바람도 있다 색깔론이 있다 분단과 녹슬어가는 자본주의가 있다 바겐쎄일이 있다 후일담도 있다 MB노믹스도 있고 MB악법도 있다 30년과 10년 종류별 '잃어버린'도 있다 그림과 음악과 호찌민 평전이 있다 먼지가 두껍게 앉은 스탠드도 있다 뉴타운천국 실업자천국 씨네마천국 김밥천국 호기심천국 천국도 종류별로 있다 그때 그 시절! 복고열풍도 있다 냉전도 반민주도 복고 복고, 지지고 볶고, 사는 게 사는 게 아니라던, 엄마만 없다

어안렌즈
호랑이의 줄무늬는 밖에 있고 인간의 줄무늬는 안에 있다

나무처럼 거울 하나 서 있다
그 거울 속엔 거울을 닮은 연못 하나 있다
그 연못 속엔 거울처럼 서 있는 나무 하나 있다
그 나무 늙은 가지 하나 거울 속으로 뻗고 있다
그 나무 질긴 뿌리 하나 연못 바닥에 이르고 있다
거울 속에도 연못 속에도 나무 속에도 여자는 없는데
여자가 쌓아둔 오래된 미래가
수생식물처럼 자라고 있다
수생식물처럼 부유하고 있다

거울처럼 거울이 있다
나무처럼 나무가 있다
연못처럼 연못이 있다
거울 속에도 연못 속에도 나무 속에도 없는 여자가
시간을, 물고기를, 사각지대(死角地帶)를 기르고 있다
수생식물처럼 자라고 있다
수생식물처럼 부유하고 있다

안개를 찍으러

양수리로 갔다
사냥을 준비하는 어둠이 낮게 깔리고 있었다
밤새, 몸을 숨기고
무한대로의 거리조절을 마친 조리개
새벽은 포그필터처럼 밝아오고
오염된 강물로 그물을 던지는 사람들
그물 가득 안개를 낚고 있다
        f:8 s:1/15
          찰칵찰칵
안개를 포획하는 카메라
단 한 컷의 사진을 위해
수없이 소비되는 필름처럼
          착각착각
자본의 욕망을 위해
수없이 소비되는 나를 본다

자매어

    조랑말의 눈을 닮은 조선족 가이드 최련희 씨 따라 만리장성 가는 길 '혼자 꿈꾸면 그건 꿈이지만 여럿이 함께 꾸면 그건 현실이 된다'는 테무친의 말을 생각한다 대륙의 상상력을 생각한다 그 광활한 대륙의 소수민족 조선족을 생각한다 일제강점기 고향땅을 잃고 유랑민이 되어 이 먼 곳까지 온 최련희 씨의 조상들을 생각한다 함께 꿈꾸었기에 조국은 '독립'했으나 여전히 이 광활한 대륙의 소수민족으로 살고 있는 조선족 가이드 최련희 씨의 가족들 둘째 언니가 전라도 광주 근처 농부에게 시집가 살고 있어 한국에 가봤다는 최련희 씨 그렇지만 한국으로 시집가고 싶지는 않다는 최련희 씨 "외롭겠습니다" "저에게 질문을 하시겠습니다" 조랑말의 눈을 닮은 조선족 가이드 최련희 씨가 쓰던 말을 생각한다 테무친의 말보다 더 비감해지던 최련희 씨의 말을 생각한다 돌아오지 않는 말을 생각한다

뉴타운천국

저녁을 훔친 자는 망루에서 펄럭거리는 깃발에 피를 퍼부었고, 권력과 자본의 화친은 미친 화마를 불러왔다

북적이는 시장 사람들의 소리를 들으며 지혜롭게 늙어가던 포도나무는 철거용역들이 함부로 휘갈긴 빨강 래커 스프레이 해골들만 득시글득시글거리는 철거촌에서 포클레인에 찍혀 죽었다

한 번 태어났지만 돈이 없으면 두 번도 세 번도 죽어야 하는 세상
저녁을 훔친 자들만의 장밋빛 청사진
뉴타운천국

두껍아 두껍아 헌집 줄게 새집 다오!
두껍아 두껍아 내 집 주니 셋집 주네?

풀 풀 풀 정처도 없이
뿔 뿔 뿔 정체도 없이

어떤 사람들은 어느날 느닷없이 왼손을 잘리고 남은 생을 오른손잡이로 살아가야 하는 왼손잡이처럼, 자신의 뿌리를 잘리고 남은 생을 자신의 뿌리 바깥에서만 살아가야 한다

암실에서 뜯어온 시간

필름 속 사내는 위구르족 당신의 단골 양러우촨*집 주인 양털 같은 수염을 가진 양러우촨집 주인은 붉은 입술을 가졌지만 흑백 필름 속에서 그의 입술은 검정 빨강 검정 꼬치에 꿰인 양러우촨들도 빨강 검정 양털 같은 그의 수염은 그냥 검정 빨강도 검정 검정도 검정인 그 방에서 색깔을 분실한 건 나였을까, 당신이었을까 고대 페르시아의 왕 다리우스는 새 한 마리와 쥐 한 마리 개구리 한 마리 그리고 다섯 개의 화살이 담긴 선물을 받았다지 양이 빠진 건 유감이지만 양이 없다고 전쟁이 불가능한 것도 논쟁이 불가능한 것도 아니지 그런데 정말로 색깔을 분실한 건 누구였을까?

필름 속 당신은 오른손인 왼손으로 양러우촨을 뜯으며 말하지 넌 색깔이 없다고 절망이라는 검은 짐승도 자기만의 색깔이 있는 법인데 도대체 색깔이 없다고 그 순간 타이밍도 절묘하게 세상은 온통 색맹의 제국이 되었어 명/암만이 지배하는 세상 또다른 색깔논쟁이 시작되고 있었지 고대 페르시아의 왕 다리우스는 누구도 풀 수 없는 매듭을 엮어놓고 "이 매듭을 푸는 사람이 소아시아의 지배자가 될 것이다"고 장담했지만 결국 자신의 매듭으로 자신을 옭아맸지 그렇다고 논쟁이 끝난 것도 분쟁이 끝난 것도 아니지 찰칵, 정리하자면 이건 색깔에 대한 논쟁도 분쟁에 대한 논쟁도 아니고 그저 암실에서 뜯어온 시간의 필름 한 컷 정도랄까 찰칵, 조금은 지루하고 지겨운 이제 논쟁은 논쟁도 아니야 그런데 정말로 색깔을 훔쳐간 건 누구였을까?

* 양쇠치구이.

유령처럼 등장한 하루

　그는 시간의 추종자 시간을 먹는 시간이라고 자신을 소
개했다

　촛불은 시간의 사용자 시간을 불살라 無에 다다를 수 있
다 보여주었다

　사람은 저마다 자신만의 타임머신을 가지고 있다고
한다

　그래서 그도 그 자신에게 도착할 수 없었을까

　그녀는 시간의 발굴가 비행기를 집어타고 날짜변경선을
넘는다

　유령처럼 등장한 하루로 망명하는 망명자라고 명명하며

　메꽁델타* 가는 길 고무나무 농장에서 만난 열대의 아
이들

1달러 1달러 하며 그 아이들이 팔던 것도 시간이었을까

* 메꽁델타를 흐르는 강물은 중국과 라오스, 태국, 깜보디아의
국경을 거치고 베트남을 지나 남중국해로 흘러간다. 여러 국
경을 여행해온 큰 강물을 만나러 가는 길은 몇개의 생(生)을
거늡 윤회한 나 자신을 만나러 가는 길 같았다.

외롭고 웃긴

재빛 눈물을 훔쳤지, 거긴 외롭고 웃긴, 새장 속, 우린 대부분의 인생을 침대에서 흘려보내, 랄라, 새장 밖으론 헛되고 헛되고 헛되어 아름다운 시간들이 흘러가고, 랄라, 재빛 눈물을 훔쳤지, 거긴 외롭고 웃긴, 세상 속, 우린 대부분의 인생을 침대에서 흘려보내, 랄라, 봄밤으로부터 봄밤까지, 무의미로부터 무의미까지, 호모 싸피엔스로부터 호모 싸피엔스까지, 눈물로부터 눈물까지, 혁명을 말하는 자도 외롭고 혁명을 말하지 않는 자도 외롭다*는 걸 우리는 본능적으로 예감했지만, 거긴 외롭고 웃긴, 너무 빨해서 아름다운 통속의 세계, 헛되고 헛되고 헛되어 아름다운 우리들, 앵무새 같은, 외롭고 웃긴, 랄라, 우린 대부분의 인생을 침대에서 흘려보내, 스프링이 고장난 매트리스처럼, 삐걱 삐걱 삐걱, 외롭고 웃긴, 세상 속에서, 한통속으로, 흘러가는 시간들, 헛되고 헛되고 헛되어 아름다운, 랄라, 우린 대부분의 시간을 새장 속에서 흘려보내네, 앵무새 같은 우린, 겨우, 재빛 눈물만 훔치는 우린, 랄랄라

* 최창근 『인생이여, 고마워요』에서.

뿐

개미도
참새도
물고기도
사무원도

세상 속
개미로
참새로
물고기로
사무원으로
살아갈 뿐

일상을
올올이
견뎌낼 뿐

다만
그뿐

자연학습장

종합운동장 한켠
자연학습장
해바라기라는 팻말을 들고
여름 내내 한 여자 서 있네

기다림을 학습하고 있을까?

원두막 그늘 밑
보라색 도라지꽃
담배를 피우고 있네

칸나는 붉고 가는 비는 새파랗네!

그 여름 내내
삶의 학습에 서투른 나는
색칠공부하는 유치원생 같네

노랑/보라/빨강/파랑

빛의 산란
부서짐의 아름다움을 익혔네
백치라는 팻말을 들고서

중얼거리는 나무

빅토르 최는 화부였지
빅토르 최는 화부였지만 노래를 불렀어
빅토르 최는 화부였지만 노래를 부르고 그 노래는 시였어
우리는 모두 노래들인지도 몰라
노래를 멈추지만 않는다면 멈추지만 않는다면

나무는 가수였지
나무는 가수였지만 노래를 부르지 않았어
나무는 가수였지만 노래를 부르지 않았고 불리지 못한
노래는 울음이었어
우리는 모두 울음들인지도 몰라
조금만 생각해보면 조금만 깊게 생각해보면

칙칙폭폭 기차는 달려가네
칙칙폭폭 화부의 노래는 활활 타오르고
칙칙폭폭 나무의 울음은 전속력으로
칙칙폭폭 나무는 달려가네

칙칙폭폭 비는 내리고
중얼거리는 나무 마디마디
사나운 허무들과 싸우는 영혼들
칙칙폭폭 그 빗물로
슬픔의 수력발전소를 쉼없이 돌리네
우리는 모두 노래들인지도 몰라
우리는 모두 울음들인지도 몰라
조금만 생각해보면 조금만 깊게 생각해보면

어떤 섬의 가능성

부표처럼 출렁이고 등대처럼 친절한 오후 어떤 새들은
편서풍을 따라 날아가고
해변가에서 발견된 여자는 자신의 직업을 인어라고 진
술한다

그 시각 수산업협동조합의 심은하 씨 아버지 심학규 씨
는 번쩍! 눈을 뜨고
만선의 깃발을 높이 올린 선박은 3 내지 4미터의 파고를
뚫고 그 밖의 해상에서 돌아온다

그 소식을 들은 용궁식당의 엔네는 장롱 깊숙이 넣어두
었던 꽃무늬팬티를 찾아 입고
고래다방 수족관 옆 카쎄트에서는 심수봉의 남자는 배
여자는 항구가 흘러나온다

못 견디게 네가 좋다고 달콤하던 말 그대로 믿었나 그대
로 가사를 따라 흥얼대던 다방 아가씨는
티켓을 끊고 스쿠터를 타고 비릿한 바람을 가르며 방파

제를 향해 달려간다

바로 그때 해변가에서 발견된 여자의 은빛 비늘들이 수
평선으로 막 가라앉기 시작한 태양을 끌어다
물고기가 떼로 죽어가는 가두리양식장에 포르말린과
마이신을 붓고 있던 청년회장의 얼굴을 황홀하게 빛나게
한다

반짝! 설명하고 싶지만 설명할 수 없는 아름다움으로 어
떤 섬의 가능성은 빛나고 있다

와유(臥遊)

내가 만약 옛사람 되어 한지에 시를 적는다면 오늘밤 내리는 가을비를 정갈히 받아두었다가 이듬해 황홀하게 국화가 피어나는 밤 해를 묵힌 가을비로 오래오래 먹먹토록 먹을 갈아 훗날의 그대에게 연서를 쓰리

'국화는 가을비를 이해하고 가을비는 지난해 다녀갔다'

허면, 훗날의 그대는 가을비 내리는 밤 국화 옆에서 옛날을 들여다보며 홀로 국화술에 취하리

제3부

시인

한 글자처럼 발음할 것

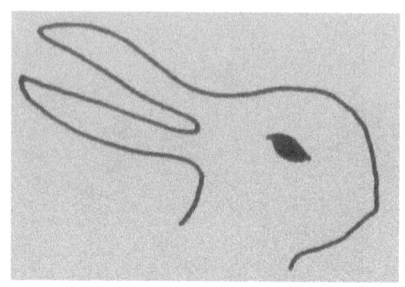

어제는 오리라 하고

오늘은 토끼라 하고

내일은 기타라고 지껄이는

입이면서 귀인

미친

이 별의 재구성 혹은 이별의 재구성

　나하고 나 사이에 늙고 엉뚱한 종족들이 있지 내 별로
놀러 오는 나들 나들 때문에 그 종족들은 불편하다고 불평
하며 불안했어 불만이 가득한 얼굴이었지만 사랑했지 난
정드는 게 특기니까 하루가 영원 같고 영원이 하루 같은
무협 판타지 같은 날들이었어 난 그날들을 CD로 구웠지
구워진 CD 속에서 난 무릎이 아팠어 너무 많은 감정을 과
소비하고 게다가 너무 많은 눈물을 삭제했으니까 수만년
전부터 이 별은 아팠어 늙고 엉뚱한 종족들은 이 별의 종
말을 전지구적으로 살포하면서 우리 종족의 언어를 모두
쓰레기통에 넣고 서둘러 이별하고 싶은 눈치였지만 우리
종족의 위대함은 휴지통이라는 아이콘에 있지 '복원'이란
단추를 내장하고 있는 그러니까 이별을 이 별로 굽거나 이
별을 이별로 굽는 따위의 일은 우리 종족에겐 식은 죽 먹
기보다 쉬운 일이란 거지 고통을 선택할 수는 없다, 그러
나 고통을 받는 방법은 선택할 수 있다, 빅토르 프랑클, 멋
지지? 이게 이 별의 재구성 혹은 이별의 재구성이란 엉터
리 판타지 같은 이 시에 대한 키워드야, 친절하지?

이 상(箱)

너는 달콤한 혓바닥을 날름대며

사랑이라는 상자를 내게 건넨다

내게 온 상자는 너를 닮은 비단뱀이 된다

상자 속처럼 검은 아가리가 통째로 나를 삼킨다

나는 뱀의 허물을 뒤집어쓴 기인 몸뚱이

나무를 휘감고 탈피를 꿈꾼다

나는 간악한 혓바닥을 날름대며

신(神)의 눈, 붉은 사과를 네게 건넨다

너는 사과를 베어먹은 알몸의 부끄러움

자궁 속으로 숨는다, 함께 부풀어오른다

나는 탈피하듯 너를 낳는다

너는 상자(箱子)로 태어난다

너를 열자 해골의 갈비뼈 하나가 튀어나오고

상자는 관(棺)처럼 썩었다

이상한 일은 더이상 일어나지 않는다

'풋'을 지나서

태양은 은둔중이고 능소화는 절정을 지나고 있습니다

우리는 장마가 아니라 장미를 추구하는 자들

오늘의 추천 계절은 여름

오늘의 추천 아이템은

나무와 나와 무(無)

나는 무(無)와 나를 접붙여 나무가 되고 싶습니다

절정이 되고 싶습니다

오늘의 추천 계절은 여름

우리는 장마가 아니라 장미를 추구하는 자들

태양은 은둔중이고 능소화는 절정을 지나고 있습니다

알쏭달쏭 별별

파멸과 죽음을 물어다주는 새 부엉이
풍향계가 가리킬 수 없는 방향으로 불어간 바람
양, 황소, 쌍둥이, 게, 사자, 처녀……
별의 사용부족으로 치매를 앓고 있는 천문학자가
2단 구구단처럼 외우는 황도 12궁
그때 천문학자의 눈가에서 별처럼 빛나던 물

봄의 대곡선, 여름의 대삼각형
가을의 사각형, 겨울의 다이아몬드
어느날 불현듯 별을 좇아 수학을 버린 수학자가
아득한 밤하늘에 그리는 별들의 지도 위의 보이지 않는
꼭짓점들
그때 물병을 안고 등장하는 처녀

반인반수(半人半獸)를 사랑한 처녀
울다 잠든 천문학자의 얼굴을 물병자리별처럼 바라보는
마법처럼, 찰박찰박 물소리를 음악처럼 연주하는
죽음은 없답니다 죽음은 껍데기를 벗는 일에 불과하지요

쿨룽 라마의 잠언을 시(詩)처럼 읊는
전생에는 별들의 궤적을 짚으며 여러 생(生)을 점(占)치던
꼬끼오! 아침이면 닭의 모가지를 치던

실내악

봄이 오는 쪽으로 빨래를 널어둔다

살림,이라는 말을 풍선껌처럼 불어본다

옛날에 나는 까만 겨울이었지

산동네에서 살던, 고아는 아니었지만 고아 같았던

실패하고 얼어죽기엔 충분한

그런 무서운 말들도 봄이 오는 쪽으로 널어둔다

음악이 흐른다 빨래가 마른다

옛날에 옛날에 나는 엄마를 쪽쪽 빨아먹었지

미모사 향기가 나던 연두,라는 말을 아끼던

가볍고 환해지기엔 충분한

살림,이라는 말을 빨고 빨고 또 빨아

봄이 오는 쪽으로 널어두던

친절한 미류씨

모니터야 모니터야 검은 모니터야 이 세상에서 가장 친절한 사람은 누구니?

금자씨,
왜 그렇게 눈만 시뻘겋게 칠하고 다녀
친절해 보일까봐

말을 탄 남자가 초생달처럼 생긴 칼을 들어 내 목을 쳤어 내 목에선 음악이 튀어올랐어 복수와도 같이 뜨겁고 냉철한 음악의 파편들이 말의 엉덩이로 튀었지 목이 잘린 내가 손을 뻗어 잘린 내 목을 버려진 투구처럼 들어올렸어 나는 마녀도 아니고 요부도 아니고 천사는 더더욱 아니었어 친절했을 뿐 이 별 전체가 감옥이지만 이별은 또다른 감옥이지 정드는 게 특기지만 당신을 '복원'할 수 없다는 걸 잘 알아 그러니 친절이나 하면서 감옥을 견디는 거지 늙고 엉뚱한 종족 중 한 명은 무림의 고수와 CEO와 해커와 시인 중 '시인'을 선택했고 이모티콘을 좋아하는 종족인 나는 그를 'UV시인'이라 불러주기로 했어 UV는 자외선의 약자이고 자외선은 가시광선이 아니야 그러니 친절한 빛이라고 할 순 없지 고통을 선택할 수는 없지만 고통을 현상하는 방법은 선택할 수 있다 패러디해봤는데 불편해? 아이참 └(｀ε´)┘ 나는 늙고 엉뚱한 종족들까지 사랑한다니깐, 안 믿겨?

* 미류는 가상세계에서의 너네인.

삶은 나

나는 나의 발명가 화요일이면서 엄마인 여자

나는 나의 꽃밭 쓸데없이 아름다운 생각들을 심어놓은
꽃밭

나는 나의 채집가 휘발하는 시간의 뒷모습을 채집해놓
은 액자

나는 나의 조각가 고독 속에서 영혼을 꺼내는 우울한 조
각가

나는 나의 방랑자 지도에도 없는 나를 방랑하는 가난한
방랑자

나는 나의 자궁 스스로 엄마가 되어 나를 낳는 자궁

나는 나의 식자공 자음과 모음을 두드려 만드는 시

나는 나의 테러리스트 누구도 감히 상상하지 못한 방식
으로 스스로를 파괴할 생각에 찬 테러리스트

테라스를 지나 세상의 고독한 사람들이 꿈속으로, 애인
속으로, 싸이버 게임 속으로, 혹은 불면 속으로 들어가 있
을 시간, 나는 소녀와 엄마와 창녀를 한몸에 한영혼에 가
진 치명적인 여자 나는 추문을 일으키는 여자이고 더없이

멋진 여자이니* 테라스를 지나

   나는 누구도 감히 상상하지 못한 방식으로 스스로를 파
괴할 생각에 찬 나의 테러리스트
   나는 자음과 모음을 두드려 시를 만드는 나의 식자공
   나는 스스로 엄마가 되어 나를 낳는 나의 자궁
   나는 지도에도 없는 나를 방랑하는 무심한 나의 방랑자
   나는 고독 속에서 영혼을 꺼내는 우울한 나의 조각가
   나는 휘발하는 시간의 뒷모습을 채집해놓은 나의 채집가
   나는 쓸데없이 아름다운 생각들을 심어놓은 나의 꽃밭
   나는 화요일이면서 엄마인 나의 발명가
   나는 나의 그림자의 나
   푹푹 삶아먹는
   삶은 나

* 기원전 3~4세기경 나그 함마디에서 출토된 이시스 차가 중에서.

색연필숲

매일매일 내게로 여행 오는 숲

오늘은 그 숲의 나무를 다르게 번역한다

자전거 여름곰 필경사 자가수분 시신경 나침반

참 아름답고 먼

은빛 바퀴처럼 구르는 생각들

그 생각들의 날개를 달고

날숨과 들숨의 경계로 날아가는 눈먼 단어들

자전거 여름곰 필경사 자가수분 시신경 나침반

참 아름답고 먼

하시시 하시시 오늘 그 숲에선 시(詩)가 들린다

12색 크레파스는 12월을 닮았다

모계

당신이 내 절망의 이유이던 때가 있었다
당신이 내 희망의 전부이던 때가 있었다
그 이전 이전엔 당신이 내 아무것도 아니던 때가 있었다
그러나 그 이전 이전에도 당신은 당신이었을 것이다
그리고 그 이후 이후에도 당신은 당신일 것이다

시시해서 미치겠는 사랑!

멀리에선 수련꽃 피는 여름이 오고
덩굴식물의 눈〔目〕을 들여다본다
네 눈이 네 길을 가게 한다

소문도 없이 낳아 기른
아이가 묻는다
"내가 왜 엄마를 아빠라고 불렀지?"

여자비

아마존 사람들은 하루종일 내리는 비를 여자비라고 한다
여자들만이 그렇게 울 수 있기 때문이라고 한다

울지 마 울지 마 하면서
우는 아이보다 더 길게 울던 소리
오래전 동냥젖을 빌어먹던 여자에게서 나던 소리

울지 마 울지 마 하면서
젖 먹는 아이보다 더 길게 우는 소리
오래전 동냥젖을 빌어먹던 여자의 목 메이는 소리

넘보라살 혹은 The invisible

빨주노초파남보 너머
넘보라살*
보이지 않는 빛

어두컴컴한 자궁, 술집에서 술병의 구멍처럼만 보는 사
내들과 조개탕에 소주를 마시고 돌아오는 길, 취기를 꺾지
못하는 여자의 새벽은 헛구역질을 해대고, 뜨거움을 견디
지 못해 벌어진 조개처럼 껍데기만 쌓인 말들의 무덤……
사랑에 대하여, 순정에 대하여, 낭만에 대하여 더는 말하
지 않는 사내들 틈 조개탕이 되었던 술자리 함부로 더듬는
혀들을 거세하고 싶던 살의마저 난장 뒤의 씁쓸함을 견디
지 못한다

보이지 않는다고 존재를 부정하지 말라!
다리 위에서 '절규'하던 사내는 내 아들이었다,고 절규하
는 보이지 않는 여자

보이지 않는 절규

78

보이지 않는 여자
보이지 않는 빛
그러나 반드시 존재하고 있는
넘보라살 혹은 The invisible!

여전히 보이지 않는다고요?

* 사외선의 다른 말

여름 언니들

빨강과 파랑 초록과 보라
색깔을 레고처럼 가지고 노는
여름 언니들

여름은 비밀이 가득한 계절

파랑 물방울 사전, 초록 보라 선풍기, 빨강 코 수은주
낱말을 레고처럼 가지고 노는
여름 언니들

그 비밀의 온도 사상 최고치 경신!

팡, 팡, 팡
폭죽처럼 터지는
여름 언니들

더이상 비밀은 비밀도 아니어서

눈물과 비밀 여자와 여자라는
레고를 가지고 제2의 성(城)을
쌓았다 허물고 허물었다 쌓는
여름 언니들

마침내, 여름 언니들 그 성의 여왕으로 등극!

퍼즐840

나는 콩나무   하늘까지 쑥쑥 자라는 눈
눈을 감춘 구름 구름 속의 비   빗속의
우산 우산을 뛰쳐나가는 바람 바람 에게
덜미를
잡힌 여자   여자가 잃어버린 눈 눈알을
잃어버린   머리통   머리통을
들고 뛰는 수수께끼   수수
께끼로 만들어진 0 공처럼 굴러가는········· 0
텅 빈 여자
조 각을   잃   버 린   퍼즐

나는조각을찾아헤매는여자 | 거인의그림자를끌
고가는젖소 | 태어나지못한아이들의엄마 | 두개
의무덤을간직한구멍 | 구멍으로만들어진수수께
끼 | 수수께끼를건너가는여자 | 나는콩나무 | 도
돌이표 |

5시를 그린다

식탁을 차려놓고
무채색의 여자 창밖을 보고 있다
커피포트에서 끓고 있는 시간의 찌꺼기
주인을 기다리는 빈 의자

─사랑은 길드는 거야
사막의 은빛 여우 같은 햇살
창문을 넘어 부엌으로
폴짝 뛰어내린다

붉은 방
5시

그를 그린다

가능성이 많은 장소로 가는 것

설악의 북쪽, 겨울,
혹독하게 황홀한, 적막
한번도 무릎 꿇지 않은

유목민의 영혼을 가진 바람은 말하네
네 그림자처럼 모든 것이면서 유일한 지도를 가지고 싶어
그림자도 없이 늘 떠돌아야 하는 내 운명은 너무 추워
수행자의 영혼을 지닌 나무는 답하네
가능성이 많은 장소로 가는 것
그런 영혼의 지문을 가진다는 건
군말이 불필요한 매혹이야

설악의 북쪽, 겨울,
황홀하게 혹독한, 풍경
한번도 무릎 꿇지 않은
가능성이 많은 장소로 가는 것

계절병

　고독은 나무처럼 자라는 것입니다 시간은 하나의 커다란 구멍이고 끝끝내 삶은 죽음입니다 거대한 고래처럼 거대한 고독이 두려운 나머지 시간을 밀거래하는 이 도시에서 서로가 서로의 휴일이 되어주는 게 유일한 사랑입니다 병인을 찾을 수 없는 나의 우울과 당신의 골다공증 사이를 자객처럼 왔다 가는 계절 그 그림자를 물고 북반구로 날아가는 새 한 마리의 날개 같은 달력 한장 가엾은 당신 나의 엄마들 왜 모든 짐승들에겐 엄마라는 구멍이 필요한지, 시간조차 그 구멍으로부터 발원하는 발원수 같은 건 아니겠는지 시도 때도 모르고 철없이 핀 꽃처럼 울다가 웃다가 고독은 나무처럼 자라고 계절을 바꾸어 타고 먼먼 바다로 헤엄쳐가는 물고기가 수면 밖으로 제 그림자인 양 쳐다보는 나무는 엄마라는 구멍처럼 고독합니다 가엾은 당신 나의 엄마들 끝끝내 삶은 죽음일 테지만 죽기 위해 제 기원을 찾아 뭍으로 돌아오는 거대한 포유동물처럼 젖이 아픈 계절입니다

무릎 꿇은 나무

한 사내가 절벽 밖으로 걸어갔다

한 여자가 그 사내를 따라갔다

시간 밖에서 시간을 읽던 때였다

수목한계선 무릎 꿇은 나무

오랜 여행을 하며 여러 국경을 넘어 마침내 그곳에 도착
한 바람

한계 위에 서서 한계 너머를 바라본다

육탈을 한다

제 갈 길을 가라 누가 뭐라든

머리 빗는 여인

손택수

아키펭코 「머리 빗는 여인」(1915), 브론즈.

다시 시작하는 인어공주

안현미의 시에는 곰이 나옵니다. 그리고 그 곰이 사는 동굴이 자주 등장합니다. 동굴에서 곰은 무얼 하고 있을까요. 신화의 가르침대로 그 커다란 덩치 속에 숨어 있는 여자를 꺼내려 깊은 잠에 빠져든 걸까요. 언어유희를 즐기는 시인의 버릇을 따라 저는 곰을 거꾸로 뒤집어보고 싶은 유혹을 참을 수 없습니다. 곰을 뒤집으면 문이 되지요. 그 문이야말로 안현미의 시집 속으로 들어가는 첫 관문과 같은 것이라 할 수 있겠습니다.

첫시집 『곰곰』에서 시인은 이미 "백일 동안 아린 마늘만 먹을 때/여자를 꿈꾸며 행복하기는 했니?//그런데 넌 여자로 태어나 마늘 아닌 걸/먹어본 적이 있기는 있니?"라고 다소 도발적인 질문을 한 바 있습니다. 비아냥거리는 듯한 그 어조가 노렸던 것은 물론 가부장제하의 여성성에 대한 깊은 회의였습니다.

신화 속의 곰은 고통스런 입사식 끝에 웅녀가 됨으로써 보상을 받지만 그 보상은 허위에 지나지 않는다는 시인의 해석이 흥미롭지 않습니까. 플라톤의 '동굴의 비유'를 전복한 뤼스 이리가라이(Luce Irigaray)를 언뜻 연상시키는 대목입니다. 동굴의 불완전하고 허상적인 인식에서 벗어나 이데아 태양이 비치는 밝은 세상으로 나아가 제대로 사물을 보아야 한다는 플라톤의 주장을 이리가라이는 여성의 몸에 대한 폄하로 보았지요. 그 폄하를 바탕으로 초월적 주체를 꿈꾸는 남성 판타지의 극장이 설계되었다는 것입니다.

이번 시집에서 시인은 동굴을 벗어나야 할 곳이 아니라

지향해야 할 시원 같은 것으로 그리고 있습니다. "알 수 없는 말들에게선 알 수 없는 아름다움이 생겨났고, 동굴은 어둠까지 아름다웠습니다"(「곰을 찾아서」) 같은 구절을 보면 신화의 주술에 개의치 않고 동굴을 동굴 그 자체로서 긍정하는 시선이 느껴집니다.

  고장난 가로등처럼 서 있는 사내를 지나 방금 도착한 여자의 어깨에선 사막을 건너온 바람의 냄새가 났고 이 도시의 가장 후미진 모퉁이에선 골목이 부레처럼 부풀어올라 고장난 가로등처럼 서 있던 사내의 구두가 담기고 있다 첨벙, 여자는 의족을 벗고 부풀어오른 골목으로 물소리를 내며 다이빙한다 꼬리지느러미를 활발히 흔들며 언어 이전으로 헤엄쳐간다 주름잡는다 여자의 주름에선 언어 이전에 있는 어떤 어항에서 꺼낸 것 같은 언어가 버블버블 퐁퐁 투명한 골목을 유영한다 인간의 남자를 사랑하여 아낌없이 버렸던 모든 것들이 버블버블 다시 태어난다 그사이 젖은 구두를 벗은 사내도 산소통을 부레처럼 달고 언어를 떠나온다 어항골목 고장난 가로등엔 물고기 달이 켜진다 퐁퐁 골목 밖으로 여자의 의족이 폭죽처럼 떠오른다

──「어항골목」 전문

골목은 동굴의 현실적 등가물입니다. 동굴이 빛에 의해 소외되어 있듯이 '도시의 가장 후미진 모퉁이'인 이 골목 역시 불우한 공간입니다. '고장난 가로등처럼 서 있는 사내'와 '사막을 건너온 바람의 냄새가 나는 여자'가 그 불우를 한층 더 심화시킵니다. 의족을 달고 불타는 사막을 건너왔으니 여자의 고통과 상처가 여북했겠습니까. 그런데, 이 골목은 기이하게도 어항이 있는 골목이군요. 가로등의 유리가 어항을 연상시킨 게 아닐까요. 어항이 물의 이미지와 인어의 이미지를 이끌고 있습니다. 여기서 환상이 개입합니다. 환상은 현실에서 꺼진 가로등에 전기를 통하게 하고 촉이 나간 등을 갈아끼우게 합니다. 가로등이 희미하게 밝아오면서 그 불빛으로 인해 골목이 부레처럼 부풀어오릅니다. 이제 골목은 한 마리 물고기가 되어 아가미 호흡을 시작하며 꼬리지느러미를 흔듭니다. 그 황홀의 순간에 여자는 의족을 벗어 내팽개친 뒤 물속으로 뛰어들고 있습니다. 여기서 여자가 부정하는 '의족'과 '언어'를 눈여겨볼 필요가 있습니다. 여자에게 사막을 안겨줬던 언어는 의족과 같은 것이었습니다. 여자는 언어 이전의 언어, 즉 인어였던 자신의 말을 되찾음으로써 행복을 얻습니다. '언어'와 '인어'의 활달한 언어유희의 유영 속에서 사내도 마침내 발을 가두고 있던 '구두'를 벗고 물속으로 들어옵니다. 이렇게 인간의 남자를 사랑해서 자신의 모든 것을 잃어버려야 했던 잔혹한 동화가 유쾌한 반전을 맞습니다. 낡은 서사의 그물을 찢는 마법을 통해 마침내 고장난 가로등에 달이 켜집니다. 달이 바로 골목의 참 어항이었던 셈입니다.

현실의 비참을 환상적 기법을 통해 위무하는 안현미의 시가 지닌 매력을 저는 삶의 밀도있는 경험으로부터 오는 것이라 믿어왔습니다. 지상을 이륙해 솟구쳐오르는 순간조차 착륙을 전제에 깐 비행술에 대한 신뢰, 그것이 여타의 환상시들과 그녀의 시를 차별화한다고 말입니다.「어항골목」같은 시에서 저는 규율화된 질서 속에서 패배한 젊은 연인들의 사랑을 끌어안는 여성성의 너른 바다를 보게 됩니다.

두 얼굴의 유디트

시인과 함께 오래전 봄이 온 남쪽 바다에 다녀온 적이 있습니다. 파도가 바위에 부딪쳐 깨어질 때 터지는 물거품처럼 환한 웃음을 물고 시인이 제 카메라 렌즈 앞에 서 있었지요. 다소곳하게 모아쥔 두 손은 왠지 수줍어 보이는데, 간밤의 취기 탓인지 바람에 흩날리는 긴 머리카락은 다소 사나워 보였습니다. 손가락과 머리카락을 대비시킬 수 있는 어떤 결정적 순간을 잡기 위해 숨을 가지런히 하던 그때 수평선 너머에서 바람이 불었던가봅니다. 아니, 섬기슭을 핥고 지나가는 파도소리 끝에 수심 모를 어떤 노랫소리가 묻어 있었던가봅니다. 셔터를 누르는 순간 제 몸이 기우뚱하고 중심을 잃었습니다. 마치 바다의 물결을 따라 흔들리는 배 위에 선 듯한 느낌이었습니다. 그 바람에 수평선을 배경으로 찍은 어깨가 비스듬히 기울어지면서 애초에는 마음에 두지 않았던 수평선 너머의 뿌연 안개빛이 필름 속으로 들어왔습니다.

　　내가 만약 옛사람 되어 한지에 시를 적는다면 오늘밤 내리는 가을비를 정갈히 받아두었다가 이듬해 황홀하게 국화가 피어나는 밤 해를 묵힌 가을비로 오래오래 먹먹토록 먹을 갈아 훗날의 그대에게 연서를 쓰리

　　'국화는 가을비를 이해하고 가을비는 지난해 다녀갔다'

　　허면, 훗날의 그대는 가을비 내리는 밤 국화 옆에서 옛날을 들여다보며 홀로 국화술에 취하리

—「와유(臥遊)」 전문

　　망루에 올라 해바라기 꽃밭을 본다 그 수많은 꽃들이

바라보는 태양처럼 사내는 눈부시다 해시계를 삼킨 황금 물고기 귀고리를 찰랑대며 여자는 묻는다 누구에게나 일생을 걸고 해바라기꽃을 꺾듯 꺾어야 하는 게 있다면 몽롱한 눈빛의 유디트가 헬멧처럼 들고 있는 홀로페르네스의 목 같은 게 아니겠냐고 망루 아래서 여자의 말을 엿듣던 뱀은 서둘러 허물을 벗어던지고 해바라기 밭을 떠난다 어느덧 태양은 엑셀파일의 함수마법사 중 시간의 함수로 구해놓은 듯 망루 꼭대기 위로 정각에 도착한다 목이 마른 사내는 피크닉 바구니에서 꺼낸 술병의 목을 부여잡고 기어이 목을 칠 테냐고 묻는다 여자는 축제는 축제니까,라고 해바라기 씨를 깨물듯 또박또박 대답한다 망루 꼭대기에서 여자의 말을 엿듣던 태양은 진땀을 뻘뻘 흘리고 있다 여자는 최면을 건다 레드썬 탁! 그러자 뱀이 벗어던지고 달아난 허물 속에선 화가의 잘린 귀와 귀를 자른 칼이 튀어나온다 여자는 잘린 귀를 확성기처럼 들고 쉬— 태양의 목을 친다 순간 꽃밭에선 해바라기꽃들의 노랑 비명들이 폭죽처럼 튀어오르고 달아난 뱀은 깜짝 놀라 다시 허물 속으로 달아난다 피크닉 바구니를 헬멧처럼 들고 여자는 망루를 내려간다 피크닉 바구니에선 덜그럭덜그럭 누군가의 목이 굴러다니는 소리가 난다

—「해바라기 축제」전문

이 두 편의 시는 한 시인이 쓴 시라고는 도저히 믿어지지 않습니다. 앞의 시는 가부장제하에서 익숙하게 보아온 정한의 전통적 여성상을 연상시키는 데 반해, 뒤의 시는 팜므파탈적 광기로 충만한 도발적 여성상을 제시하고 있습니다. 어떻게 정갈한 매무새로 먹을 가는 여인과 거세공포를 불러일으키는 여인을 같은 선상에 두고 말할 수 있겠습니까. 하지만, 시인은 분열된 두 여인이 바로 여성성의 한 모습이라고 이야기하는 것 같습니다. 마치 제가 찍은 사진 속의 손가락과 머리카락이 시인의 한몸에서 흘러나온 것처럼 말입니다.

두 편의 시를 읽으면서 문득 클림트의 「유디트」에 생각이 미쳤습니다. 클림트의 「유디트」는 두 점이 전하는데 「유디트 1」과 「유디트 2」가 그것입니다. 이 그림들은 이스라엘을 침략한 아씨리아의 장군 홀로페르네스에게 접근해 그의 목을 벤 여걸 유디트의 전설을 토대로 하고 있습니다. 서양미술사의 단골 소재였던 이 이야기의 주인공은 클림트의 붓을 만나 팜므파탈의 이미지로 바뀝니다. 이 그림들 속에서 우리는 조국을 구한 애국심이나 정의감 대신 거세행위 뒤의 쾌락을 확인하게 됩니다. 그런데 「유디트 1」과 「유디트 2」는 같은 소재와 이야기를 다루고 있음에도 불구하고 이질적인 면모가 있습니다. 홀로페르네스의 두상을 쥐고 있는 손가락을 보면 그것을 잘 알 수 있습니다.

반쯤 감은 눈에 무아경에 취한 듯한 「유디트 1」의 손가락은 지극히 부드럽고 리드미컬한 손길로 홀로페르네스의 머리를 사랑스럽게 감싸안고 있지만, 「유디트 2」의 갈퀴손처럼 구부러진 손가락은 어딘지 모르게 신경질적이고 공격적으로 다가옵니다.

안현미의 시에서 저는 두 얼굴의 유디트를 동시에 보게 됩니다. 방에 앉아 산수화를 펴놓고 즐기는 「와유」가 무아경에 빠진 유디트를 가리킨다면, 태양을 참수하는 「해바라기 축제」의 공포스러운 여성은 냉혹한 유디트를 연상시킵니다. 하지만 이 두 편 모두 국화와 해바라기를 억압하는 남근적 위계질서에 대한 거부감을 드러내고 있습니다. 전혀 그렇게 보이지 않는 「와유」 역시 실은 "사랑과 합체한 사랑"(「합체」)이 될 수 없는 절망을 '먹먹토록' 견디면서 살아야 하는 세계의 부당함을 배면에 깔고 있는 것이 아닐까요. 아마도 시인은 그래서 '연서' '국화' '가을비' 같은 더 잘 어울릴 만한 제목을 슬며시 밀어두고 유희충동에 따라 정황에 소격효과를 일으키는 '와유'를 제목으로 삼은 것이 아닐까요. 본문의 내용과 날카로운 거리를 설정하는 제목짓기의 시선을 통해 저는 전통적 서정시의 목을 내리치는 유디트를 봅니다. 거세의 공포와 탐닉을 동시에 불러일으키는 몽환적인 눈길이야말로 이 시의 두려운 매혹이라 할 수 있겠습니다.

피크놀렙시 혹은 카오스의 문법

시인에게 미처 전해주지 못한 사진을 꺼내 볼 때마다 어쩌면 저는 시인을 통해 촛점이 흐려지면서 들어온 안개를 찍으려 했던 것인지도 모르겠다는 생각을 했습니다. 아닌 게 아니라 제 사진 속의 안개는 마치 손가락과 머리카락을 대비시키고자 했던 프레임의 딱딱한 경계선을 지우기 위해 출연한 것처럼 보입니다. 시인의 이 시집에는 마침 사진에 관한 시들이 몇편 있습니다. 한 편만 골라 읽겠습니다.

나 자주자주 까먹어요 슬픔을 고독을 사탕처럼 까먹어요 여러 빛깔의 사탕처럼 여러 빛깔의 사랑을 까먹고도 나 배고파요 나 배고파 어느날은 몰래 사내의 꽃나무 열매를 까먹고선 까무룩 혼절해요 사랑은 혼절이 아니면 혼돈이에요 내가 틀린 걸까요? 나 자주자주 까먹어요 월요일을 예술가를 부엌을 생활을 까먹어요 까먹어도 까먹어도 줄지 않는 고독 까먹어도 까먹어도 돌아오는 계절들 까먹다 까먹다 마침내는 나까지 까먹고 나는 그저 우는 아이의 막대사탕 같은 엄마예요 내가 틀린 걸까요?

—「뢴트겐 사진 — 생활」 전문

96

음식을 삼키는 행위로서의 '까먹다'와 망각으로서의 '까먹다'를 재치있게 겹쳐놓았습니다. 망각을 욕망한다고 할까요. 보이지 않는 신체의 내부를 들여다볼 수 있는 뢴트겐 사진처럼 시인은 지루하게 반복되는 일상 속에 숨겨진 비의를 엿보고자 합니다. 일상 저 너머에 닿기 위해 월요일과 예술가와 부업을 끝없이 까먹어보지만, 즉 긍정도 하고 부정도 해보지만, 그저 '우는 아이의 막대사탕 같은 엄마'로만 존재할 뿐 시인은 늘 공복의 결핍상태에 있습니다. 충족되지 않는 일상의 시간대에 대한 부정은 다른 시간대에 대한 욕망을 부추깁니다. 의식의 흐름이 끊어짐과 동시에 시간의 선형적 흐름이 깨어지는 기억의 부재상태를 비릴리오(Paul Virilio)는 '피크놀렙시(pyknolepsy)'라는 말로 설명한 바 있습니다. 아직까지 불가사의한 병으로 남아 있는 간질 현상으로부터 온 이 개념은 지각되지 않는 일상 속의 미세한 경련과 발작까지 아우릅니다. 비릴리오에 따르면 우리는 그같은 무의식적 지향을 통해 다른 시간대를 경험합니다. 일상의 질서와 경계선을 마구 흩뜨려놓는 이 행위를 시인은 '혼절이 아니면 혼돈'이라 명명합니다. 안개와 같은 카오스 상태의 이 혼절과 혼돈이 사랑을 꿈꿀 때 그 카오스는 창조적 카오스가 됩니다.

안현미의 시가 삐딱한 이유가 여기에 있습니다. 그녀의

시는 늘 한쪽으로 조금 기우뚱해 있는 사선(/)을 닮았습니다. 사선은 수직선의 상하와 수평선의 원근을 뒤흔들어서 "어제는 겨울 오늘은 여름 낮에는 가을 밤에는 봄"(「합체」)처럼 직선적 시간관이 가진 질서를 교란시킵니다. "노랑/보라/빨강/파랑"(「자연학습장」)처럼 색의 경계선을 뒤흔들면서 부서짐의 아름다움을 맛보게 합니다. 나무는 "자전거 여름곰 필경사 자가수분 시신경 나침반"(「색연필숲」)으로 번역되고, 주체는 "나는 나의 발명가 화요일이면서 엄마인 여자/나는 나의 꽃밭 쓸데없이 아름다운 생각들을 심어놓은 꽃밭/나는 나의 채집가 휘발하는 시간의 뒷모습을 채집해놓은 액자"(「삶은 나」)처럼 분열합니다. 여기서 전체를 통어하는 유기적 구조는 기대할 수 없습니다. 오히려 그것이 가장 먼저 해체되어야 할 질서인 것입니다. 물론 이 거침없는 행위는 현실적으로 '백치'의 멍에를 안겨줄 뿐입니다.(「자연학습장」) 하지만 시인은 멈출 수 없습니다. 비록 「/////」이 그냥 스쳐지나가는 봄비 같은 것에 지나지 않는다 하더라도 그것은 '화관을 쓴 다섯 신부'와 '금관인 듯 뿔이 돋은 소 한 마리가 웅크리고 있는 알따미라 동굴' 같은 시원을 암시하고 있기 때문입니다. "기역 니은 디귿 리을" 같은 자음으로만 가득차서 "결국 반쯤은 사기"(「흑백 삽화」)일 수밖에 없는 세계, '보이지 않는다고 자외선의 존재를 부정하는 빨주노초파남보'(「넘보라살 혹은

The invisible」)의 세계에서 시원은 아픈 꿈입니다. 저는 그래서 날카로운 칼금처럼 그어진 사선이 불편하긴 하지만 그것이 "발굴되지 못한/빗살무늬 토기"(「빗살무늬 토기」, 『곰곰』)의 따뜻한 사선과 다른 것이 아님을 간신히 이해하게 됩니다.

아픈 젖

시집을 읽는 내내 '동냥젖'(「여자비」)이라는 아픈 말에 오래 눈길이 머물렀습니다. 시인이 하루종일 내리는 빗소리를 "오래전 동냥젖을 빌어먹던 여자의 목 메이는 소리"라고 했을 때, 그리고 "제 기원을 찾아 뭍으로 돌아오는 거대한 포유동물처럼 젖이 아픈 계절"(「계절병」)이라고 했을 때 저는 숨이 탁 멎는 것 같았습니다. 우리는 어쩌면 시인의 말처럼 뿌리를 상실한 채 젖을 구걸하며 떠도는 고통 속에 살고 있는 것은 아닐는지요. 그 고통 속에서 "아픈 이마 위에 놓여질 착한 물수건 같은 시간들, 그 이마 위에서 안개처럼 피어오를 미열들, 그 미열들을 끌어안고 안개꽃이 되고"(「안개사용법」)자 하는 게 시인입니다. 극에 이른 부정의 언술 속에서 생의 미열들 위에 가로놓인 물수건 같은 시가 나오고 있다는 게 미더워 보입니다. 오래전 제 사진

속에 들어왔던 안개의 그 흰 젖을 더운 이마 위에 올려놓
으면 제 몸에서도 스멀스멀 안개가 피어오를 것 같습니다.

孫宅洙 | 시인

내 슬픔에게 접붙인다.

감히 나는 이 가을이 너무 좋구나

감히 나는 살아 있구나

감히 나는 너를 사랑하는구나

감히 나는 눈물을 떨구는구나

감히 나는 목숨이 저 봄 같기를 소원하는구나

감히 나는 시시하구나

감히 나는 안녕하구나

감히 나는 시를 쓰는구나

부러 그리한 것은 아니었으나

내 존재로 인해 고통받았던 여인들

무덤 속에 있는 엄마와 태백에 있는 엄마

내 삶과 죽음의 공양주 보살들에게

'감히' 이 시집을 바친다.

2009년 9월 연희문학창작촌에서

안현미

창비시선 306

이별의 재구성

초판 1쇄 발행 / 2009년 9월 22일
초판 12쇄 발행 / 2025년 11월 24일

지은이 / 안현미
펴낸이 / 염종선
책임편집 / 이상술
펴낸곳 / (주)창비
등록 / 1986년 8월 5일 제85호
주소 / 10881 경기도 파주시 회동길 184
전화 / 031-955-3333
팩시밀리 / 영업 031-955-3399 편집 031-955-3400
홈페이지 / www.changbi.com
전자우편 / lit@changbi.com

ⓒ 안현미 2009
ISBN 978-89-364-2306-3 03810